學生神探森仔

3 不存在的寶藏？

那須 正幹／著　秦 好史郎／繪

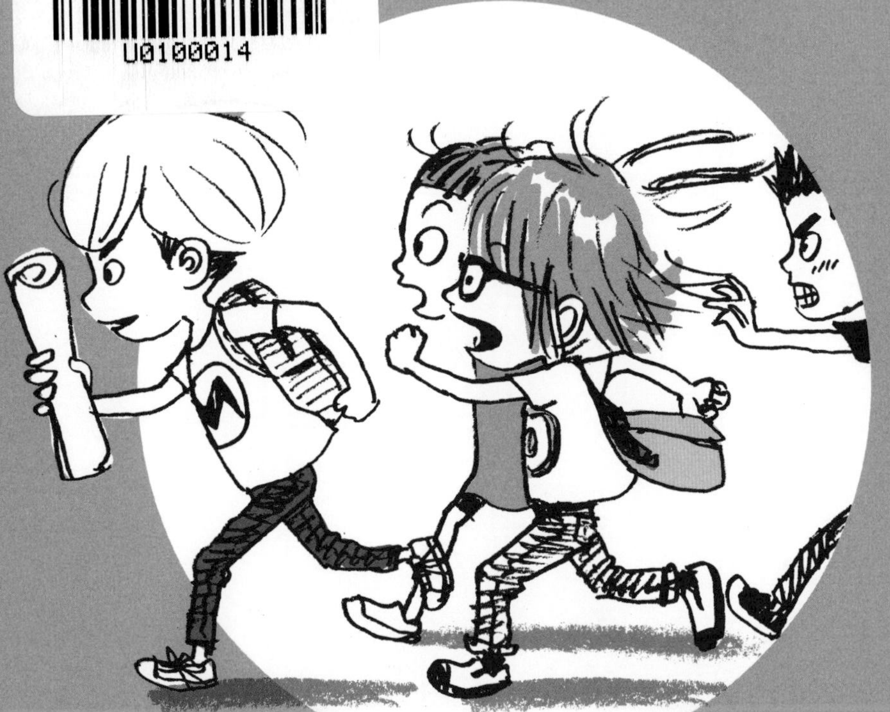

新雅文化事業有限公司
www.sunya.com.hk

青葉市地圖

正法寺山
正法寺
阪田家
老街
青葉北小學
青葉北區
青葉區一段
青葉區四段
智紀的家
青葉西區
阿猛的家
森仔的家
晴心的家
青葉區五段
青葉小學
青葉區
青葉東區
公園
露娜的家
青葉區三段
便利店
美莎的家
翔吾的家
青葉大廈
青葉區二段
村上嬸嬸的家
青葉火車站
青葉南區

藏寶圖

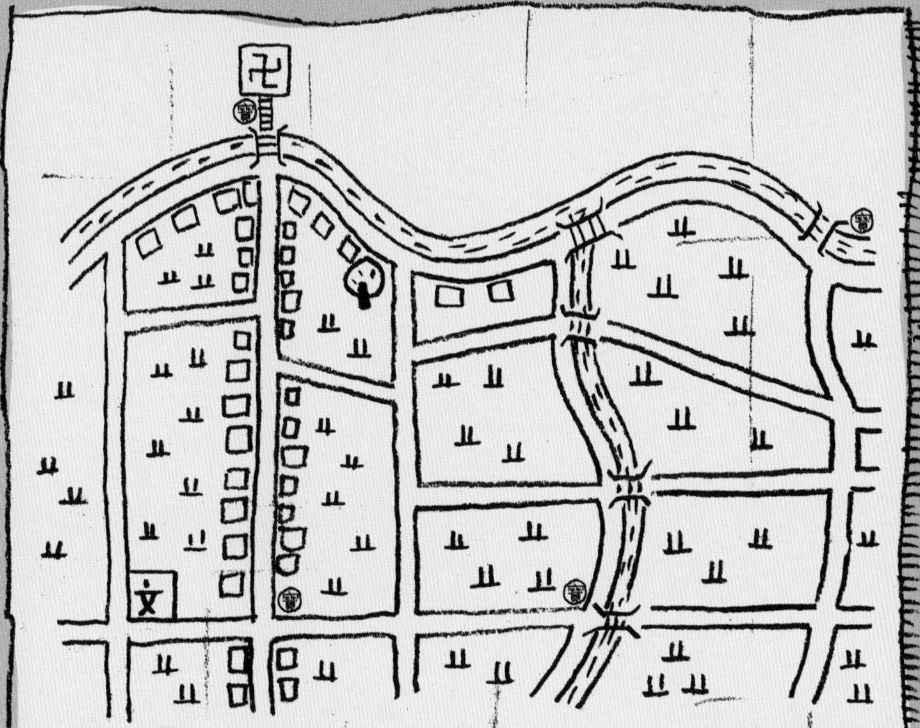

午夜的火警

一覺醒來，雨已經停了。陽光從窗簾的縫隙中偷偷灑進來。

星期二的早上，森仔一走進廚房，正吃着早餐的爸爸就把臉轉向他說：「你知道昨天晚上發生了火警嗎，森木？」

「不知道啊。」

「你沒聽到消防車的警報聲嗎？唔，可能因為是半夜，你沒聽到也不奇怪。」

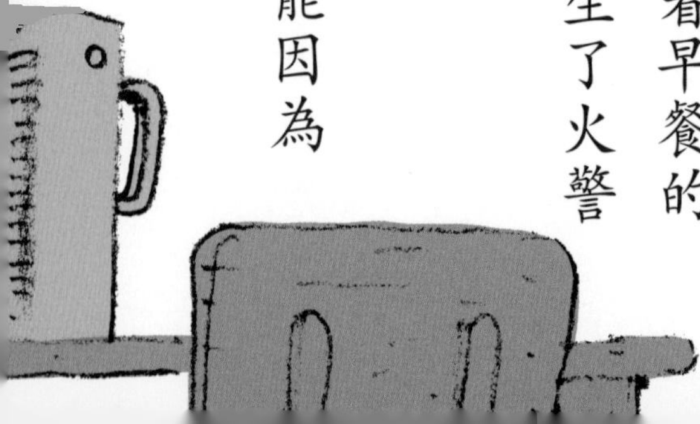

「哪裏發生火災了？是在這附近嗎？」

「我向窗外看，沒見到火，不過消防車的警報聲是從山那邊傳來的，大概是北區那邊發生了火災吧？」

北區所指的是青葉區北面正法寺山腳下那一帶，叫青葉北區。

上學的路上，森仔跟阿猛和美莎聊起火警的事情，兩人都不知道昨晚發生了火災。

他們走進二年一班的課室，發現很多同學圍在黑板前高聲討論，智紀站在最中間正手舞足蹈地説着什麼事情。

「很誇張啊，有很多輛消防車從我家門前經過。」

看來是在説昨晚火災的事情。智紀的家在青葉區五段北邊，離青葉北區很近。

「昨晚的火災離你家很近嗎？」森仔問。

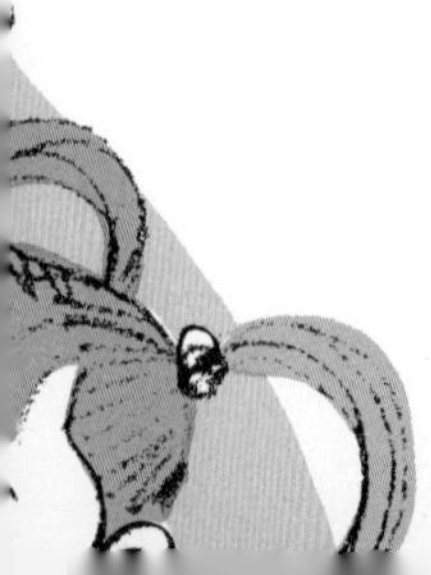

智紀用力地點着頭。
「你知道正法寺那附近有一個大宅嗎？裏面住了一家姓阪田的人，那間大宅是江戶時代*流傳下來的，昨晚就是那個大宅着火了。我今早去看過，主屋差不多全燒掉了。」

*江戶時代：1603年－1868年。

美莎在旁插嘴說：

「我聽說阪田家在江户時代是這一帶的村長，但現在就只剩下一位婆婆獨居，她還好嗎？」

「婆婆三年前已搬到大宅內新建的小屋居住，所以沒有受到影響。」

「就是說，着火的只有老舊的主屋，而主屋是沒有任何人居住的？那為什麼會起火呢？」

聽到森仔的問題，智紀也稍微壓低了聲音說：「我爸爸也說這場火很可疑，因為主屋平日都沒人住卻着火了。而且昨天半夜還下雨了，雨天很少會發生火災吧？但是如果被淋上汽油的話，火就很容易燒得起來了。」

「那是有人放火嗎？難道有人放火燒大宅？」阿猛突然這樣問。

智紀輕輕笑起來，說：「至少

今早我去看的時候沒聞到汽油的味道。警察和消防處的人會去調查火災現場，我們之後就會知道原因了。」

轉眼已到星期四，這天的課堂一直持續到中午才放學，正當大家打算離開課室的時候，阿猛說：「大家要去發生火災的大宅看看嗎？說不定會查出起火的原因。」

美莎立即回答說：「報紙上說是因為漏電啊，是舊電線短路引致的。」

「什麼？不是放火嗎？」阿猛好像有點失望，輕輕歎了口氣。

「那還是不去了。」

看來阿猛本來是想抓出放火的犯人。

「我想去看一下，我之前都不知道那裏有個阪田大宅。」

「咦？神探森仔竟然也有不知道的事情嗎？」

美莎瞪大眼睛看着森仔。

森仔其實叫井上森木，就讀於青葉小學二年一班。他從小就很擅長推理，解決過很多難題和謎團，所以朋友們都叫他「神探森仔」。不過，關於森仔的推理能力，其實當中還有一個秘密。這個秘密，大家很快就會知道。

今天的天氣很好，陽光從雲層之間偷灑下來，梅雨季也暫時告一段落。下午二時，森仔他們出發前往位於北區的阪田家。

他們先經過阿猛的家，再往北走，就來到青葉北小學。這間小學的學生都是住在北區的小孩。經過學校再往北走，走到盡頭，就會看到沿山而建的古老街道。

這條路是江戶時代建的，聽說以前的武士會走這條路前往江戶（即現在的東京）。沿着這條路往東走，左手邊有一座很具規模的寺廟，名叫正法寺，是一間在江户時代以前就存在的古老寺廟。在去年秋季學校組織的遠足中，森仔他們就來過正法寺，而且登上了正法寺山。經過正法寺前的石階，再稍稍往前走，就會看見沿路都長着茂盛的樟樹。

「那裏就是阪田婆婆的家。」美莎指着前面説。

路的一邊是延綿的紅磚牆，中間有兩根石製的門柱，可卻沒有門扉。

稍微向裏面窺探，就看到右邊立着很多被燒過的柱子，瓦片和薰黑的木板在地上堆成小山。屋子前面放滿了櫃子等家具，還有餐具廚具，全都濕漉漉的。火災之後沒再下雨，所以家具應該是被消防車救火時噴濕的。

在堆積成山的瓦礫旁邊，停着一輛貨車，一班工人正把被火燒過的家具搬到車上。

在起火處左邊，有一間只有一層樓高的西式小房子。房子的玄關處站着一位拿着拐杖的老婦人，她正跟身旁的一位工人説着什麼。工人邊點頭邊回應着。

貨車上裝滿燒過的家具，正從大門旁駛出。

一輛新的貨車隨之而來，工人又開始把燒過的家具和廚具等物品搬到貨車上去。森仔他們在門外看了一段時間，直至第二輛貨車準備開走的時候，

他們也決定回家了。

「那間大屋會重建嗎？」

美莎突然停下來，回頭望向門內。

「那間大宅只有婆婆一個人住吧？重建了大屋也沒人住啊。」

正當森仔這樣回答時，阿猛突然跑到路旁。原來路旁的溝渠裏，有一個正方形的紙袋。阿猛拾起紙袋，轉頭四處張望。森仔也注視着阿猛拾來的東西，這東西和大型信封差不多大，本來應該是白色的，但現在已變成黃色，而且都濕透了。

阿猛小心翼翼地打開了那個紙袋。

紙袋裏面有一張摺起來的紙，雖然也濕了，但還能打開。那是一張像畫紙質地的紙，上面畫着一個像地圖的東西，還用○圈起了一個奇

怪的文字「寶」*。

森仔對這個奇怪的文字有點印象，是在哪裏看過呢？

森仔立即從褲袋裏拿出一條天藍色的手帕，放到鼻子上用力的吸了一口氣，嗅着手帕上熟悉的氣味。這條手帕本來是一條毛巾，森仔從嬰兒時期就愛咬着它，直到現在，他一嗅到這條手帕的氣味，頭腦就會清晰起來。

「你們可以來我家一趟嗎？」

說完他就跑了起來。

*寶：日本一般將「寶」字寫作「宝」，小孩子大多不認識「寶」字。

地圖的秘密

森仔回到家後，還沒來得及跟媽媽打招呼，就立即問：「媽媽，我們新年的時候有一艘裝飾用的船，那東西放在哪裏？」

「你是說那個七寶船嗎？七寶船放在一樓的儲物室了……」

媽媽指向一樓的方向。

森仔聽了立即跑到一樓去。

一樓角落的小房間，是森仔家的儲物室，平日不用的被子、暖爐、風扇等等都收藏在那裏。那艘「七寶船」，就放在牆邊的櫃子上。七寶船裝在玻璃盒子裏面，是一艘帆船，船上坐着七個人偶。船中間的桅桿上，張開着金色的帆，帆上面有一個紅色的「寶」字。這個字，跟地圖上的古怪文字很像，不，應該說是一模一樣才對。

「那個原來等於『宝』字啊！」

森仔對着完全搞不懂發生了什麼，卻也跟着他的阿猛和美莎大叫起來。

從儲物室出來後，森仔請他們兩個到客廳坐下，然後再次打開地圖。那張地圖比一般的補充練習紙大一點，類似畫紙般的大小，上面共有四個地方寫着「寶」字。

「這個『寶』字，是古時的『宝』字。剛剛那艘船是載着七個福神的寶船，傳説會帶來好運，所以每年新年，我們家都會把它放在玄關做裝飾。」

阿猛和美莎用心地聽着森仔的解釋。過了一陣子，阿猛才悄聲説：「我們找到了不得了的東西了！這是藏寶圖啊。這些寫着『寶』字的地方一定藏着寶藏，所以才有人將它畫成地圖流傳後世。」

如果這真的是藏寶圖，那究竟是誰畫的？為什麼

它又會被丟在路邊？

「這張地圖，可能是從貨車上掉下來的吧？它本來是跟櫃子、和服等東西一起，從火災現場被搬上貨車的，但不知為什麼被風吹落在路上了。」

或許事情就如美莎說的那樣。

「等一下，也就是說，這張地圖是那個婆婆畫的嗎？」

聽到阿猛的推論，美莎立即搖搖頭。

「阪田家是江户時代的富豪，那些

寶藏應該是那個時代的祖先收藏的才對吧？祖先畫好了藏寶圖，再傳給他的子孫。」

如果地圖不是現代人畫的，那麼寫着複雜的「寶」字也不足為奇。

「這個地圖被隨意丟在路邊，也不一定是阪田婆婆的東西啊。」

阿猛爭論道。

阿猛說的，也不無道理。如果這真是阪田家代代相傳的藏寶地圖，那麼又怎會被放在沒有人住的主屋，應該好好收藏在新屋的夾萬裏吧？

森仔再次仔細地觀察地圖，上面有很多線縱橫交錯，有的地方像是河流，河的不同位置還畫上了橋。青葉區及北區都沒有河流，所以這應該是另一個地方的地圖。

除了「寶」字之外，地圖上還寫有不知代表什麼意思的「文」字和一個「卍」的符號。

這究竟是什麼地方的地圖呢？森仔他們完全沒有頭緒。看來，他們需要找一個有能力解讀地圖的人幫忙。

「我們讓暗號人幫忙解讀這個地圖好嗎？他那麼擅長暗號，對地圖應該也很在行的。」

聽到森仔的提議，阿猛立即贊成，可是，他卻又立即陷入沉思。

「請暗號人幫忙是好，可是，如果我們真的找到寶藏的話，要怎麼辦？要分他一份嗎？」

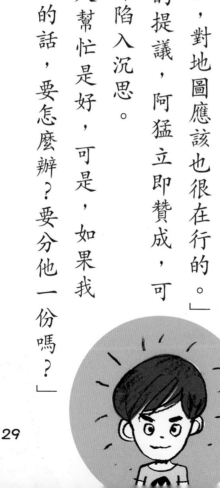

此時，美莎高聲叫嚷起來。

「什麼？原來阿猛你想獨吞寶藏？我一開始就打算找到寶藏會還給阪田婆婆。因為地圖本來就是她的，其實我們拾到時就應該立即還給她啊。可是，我們卻拿走了……」

看着他們吵架，森仔慌忙勸說起來。

「呃……這個地圖究竟是不是阪田婆婆的祖先所畫的還不能確定，所以我覺得，不如我們先調查一下，再決定怎麼做也不遲。因此，我才打算

讓木谷哥哥看看啊。」

雖然森仔看來還沒完全説服美莎，但美莎還是默默地點了一下頭表示同意。

「好，我們立即就到青葉大廈找木谷哥哥。」

森仔充滿幹勁地站起來。

「暗號人」這名字當然是外號。暗號人真名叫做木谷誠，他比森仔高一個年級。因為他很擅長寫暗號和破解暗號，所以就給自己取了「暗號人」這個外號*。

*想知道更多關於暗號人的故事，請參看《學生神探森仔②暗號人的加密信》。

四時過後，森仔他們來到青葉大廈，而阿誠也早從學校回來了。森仔把地圖拿給阿誠看，他立即露出一副很感興趣的樣子，仔細地觀察地圖。過了一陣子，他才抬起頭來說：

「阪田家，就是正法寺附近那家大宅吧？剛剛才發生火災的地方。」

「對啊，這張地圖就是我們在火災現場拾到的。」

美莎回答說。

「知道這個地圖上的『寶』字原來就是『宝』字後，我們就想這會不會是藏寶圖？」

聽完森仔的說明後，阿誠在每個畫上「寶」字的地方，都用手指比畫着。

「原來這就是『宝』字古時候的寫法嗎？這些『寶』字寫在寺院附近、街道的角落，還有河邊……全都是很容易找得到的地方啊。」

「你說的寺院，是指哪裏？」

聽到森仔的問題，阿誠答：「這是地圖上表示寺廟的符號啊。」

阿誠邊說，邊用手指指着地圖上方一個有「卍」符號的地方。然後，他又指着地圖左邊的一個「文」字說：

「這是表示學校的符號，而這些應該是表示田地的符號，所以這是一幅田地很多的鄉郊地圖吧？」

「這不是江戶時代的地圖嗎？」

聽到美莎的問題，阿誠搖搖頭。

「這個地圖年代沒有那麼久遠，耕地在日本地圖上的標示在1965年後改用這種符號，而且地圖是用鉛筆畫的，所以最多也只是明治時代*以後畫的地圖。雖然這個地圖畫得很仔細，但感覺是小孩子畫的，因為如果是大人畫的話，要用畫紙來畫，應該都會用毛筆或是墨水筆吧？」

阿誠一言驚醒夢中人，解開了森仔內心的疑惑。

*明治時代：1868年–1912年。

「但如果是小朋友的話也懂得這個難寫的漢字嗎？」

阿猛指着地圖上的「寶」字。

「在第二次世界大戰之前，小朋友也要用這麼艱深的漢字。」

不愧為暗號人，對文字的認識也這麼豐富。

「那麼，這幅地圖就不是阪田婆婆的祖先所畫的吧？」

美莎呢喃着說。

「如果是小孩子畫的，就不是藏寶圖了。」

阿猛也歎了一口氣說。

「雖然不是藏寶圖，但大家有興趣查出這是哪裏的地圖嗎？」

森仔看着阿誠的臉，只見他輕輕點頭。

「既然這幅地圖是在正法寺附近找到的，那麼或許就跟正法寺有着什麼關係。而且，在地圖上面標示着學校的位置，真的有我們青葉小學。還有，這裏畫着一棵大樹，阪田

婆婆家不是有一棵很大的樟樹嗎？」

「可是啊，那一帶既沒有田，也沒有河流啊。」

聽到阿猛這麼説，阿誠抱着胳膊思考着，沒一會兒又站起來，衝到外面去。回來的時候，他手裏多了一幅地圖。

「我剛剛略略看過，這個小鎮好像也有田地啊。」

阿誠拿着的，是青葉市的地圖。地圖的中間，由鐵路貫穿，將青葉市分成南北兩邊。火車站的南邊，有政府事務處、社區會堂等設施，但位於火車站北面

的「青葉區」，除了有大型超市，就沒有別的大型建築物了。而「青葉區」的北面，就是「青葉北區」，北區的後面，是山勢平緩的正法寺山。阿誠的手指，沿着山腳慢慢移動到東邊去。

「看啊，青葉北區的東面，有很多跟地圖很像的標誌吧？田地大概就在這一帶，而且也有河流，在正法寺山下，也一樣有寺院和學校。」

北區再往東，是一個叫古田區的地方，它的南邊，散落着田地的標誌。

「由那邊到這邊都有田地。」

這一次，阿誠的手指指着青葉區的西面。青葉西區的旁邊是新田區，這個小鎮也有很多田地，中間還有河流流經。此外，這邊的地圖也畫有「卍」和「文」的標記。

古時的青葉區

第二天下課後，森仔他們剛出教室，就看見阿誠迎面而來。

「你有帶着那幅地圖嗎？」

森仔點點頭。

「好，那我們一起去圖書館吧。」

然後他們就立刻向圖書館走去。

「我們去圖書館幹什麼？」

美莎在阿誠的後面問。

「這還用問嗎？當然是去調查你們那幅地圖是哪裏的地圖啊。」

圖書館位於學校的三樓。

他們走進圖書館，就看見許多高年級的姐姐在櫃枱前排着隊。今天是星期五，看來大家是想借書回家看。

阿誠繞過櫃台，走向書櫃的方向，在寫着「鄉土史」的牌子前停下了。

「我午休時先來調查了一下，這本書中有很有趣的相片。」

阿誠從書架中取出一本書，書名寫着《青葉市的歷史》。

阿誠坐到窗旁的椅子上，打開書本的其中一頁，裏面印有一幅舊相片。相片中間由一條大路貫穿，兩旁的房子有着瓦片建成的屋頂。在路的盡頭，可以看到一間寺廟的大門，而路上到處都是穿着和

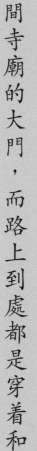

服的人。相片下面，寫着「熱鬧的正法寺祭神日　約大正中期」。

「哦，這是正法寺的大路。看啊，這裏立着一個地藏菩薩像。」

阿猛指着路上的十字路口，上面有一個地藏菩薩像。這個地藏菩薩，森仔也見過，就在學校隔壁那條路和正法寺大路往南的交界處。

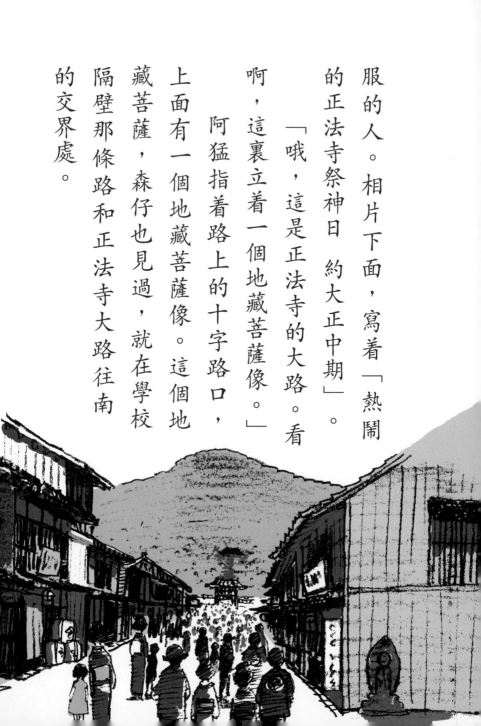

直到今天，這條路的兩旁依然立着很多古老的房子，到了正法寺的祭神日，也一樣有很多善信前來參拜。

阿誠再次揭起書頁，翻到了「住宅土地開發」章節。這一章也一樣印有一張相片，是一張從高空拍攝的青葉市相片。相片的下半部，有一條把土地打橫分隔開的火車軌道，而在相片上方的，應該就是正法寺了。鐵路以北至正法寺山腳是一片一片的田地。

田與田之間道路交錯，中間還有河流貫穿。

相片下面寫着「約昭和三十年的青葉區」。

「這真的是青葉區嗎？」

阿猛突然怪叫起來。

「好像是啊。你看這裏，拍到正法寺，還有青葉小學。」

阿誠指着相片中的建築物説。相片拍到山腳處那間寺廟的屋頂，還有一間像是學校的瓦頂建築物。

「昭和三十年，就是六十多年前，相當久遠了。那時候的青葉區，有田地，也有河川。後來，因為發展住宅用地，所以政府展開工程，青葉區才變成現在建滿房屋的樣子。我們學校以前就已經存在了，但北區那間小學，卻是在住宅工程開始後才出現的。」

對於自己的家曾經是一片田地，森仔他們一副難以置信的樣子。他們沉默了一陣子，凝望着地圖，不久，阿猛從堆在一塊的袋子裏拿出藏寶圖，將它打開。

「這麼說，這幅藏寶圖是在這一帶仍然是田地的時候畫的。那樣的話，這個寺廟就代表正法寺，這棵大樹就是阪田婆婆家的樟樹，這所學校就是青葉小學了……」

阿猛指着藏寶圖上的標記說。

「那麼，埋藏寶藏的地方也大概知道在哪裏了。這裏是正法寺的石階；而這個是正法寺前面的道路往南和學校對面的道路交匯處；從學校門前沿着道

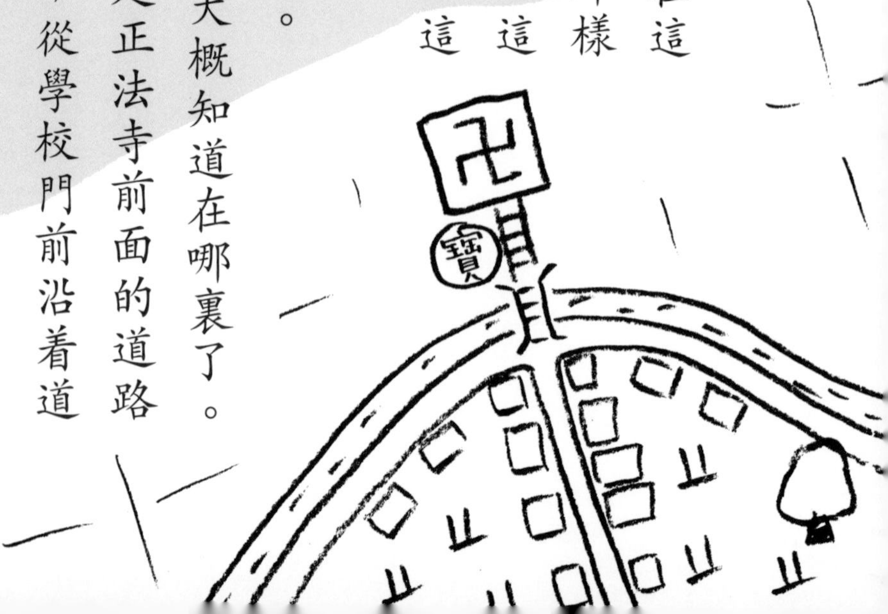

路往東走，就會找到第三個寶藏。」

原來如此，森仔想，只要對照着地圖，就可以知道大概的位置。不過，問題是，地圖上所畫的道路，跟現在的道路是一樣的嗎？地圖上的第三個寶藏，標示在河流旁邊，可是現在的青葉區完全沒有河流。

聽完森仔說出他的想法，阿誠輕輕點頭說：「應該是在平整農地的時候，連河流也一起填平了吧。」

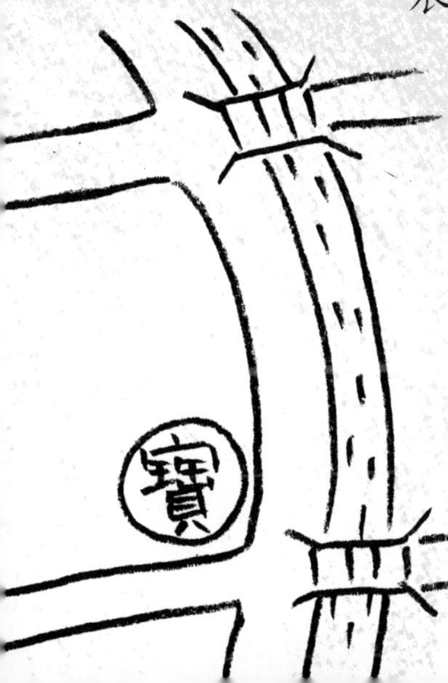

森仔再一次端詳着阿猛手邊的藏寶圖，沿着正法寺對面的道路往南走，路旁標示着一個寶藏的圖案。那個位置，正好與學校前面的道路交匯。

森仔轉向阿猛說：「正法寺的石階旁，不是也有一個地藏菩薩嗎？」

美莎比阿猛更快點着頭回應。

「就在石階的中段，唔……從下面往上走的話，是在石階的左手邊。」

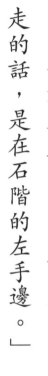

聽到美莎這麼説，森仔就想起來了。

去年遠足爬正法寺山的時候，他在石階的中段，看到一個很大的地藏菩薩像。森仔立即從褲袋中拿出那條天藍色的手帕，大口大口地吸着它的氣味。

藏寶圖上兩個寶藏的位置，都有着地藏菩薩像，那說不定另外兩個地方也同樣有地藏菩薩像。

接下來的兩個地方，一個是從正法寺的參道（為了前往寺廟或神社而修建的道路，即正法寺正對着的道路）旁的地藏菩薩處，再往東走到河邊的十字路口；而第四個寶藏標誌，就在正法寺山的山腳處。

「這個藏寶圖，搞不好是指示地藏菩薩像的位置。」

森仔說出他的推理後，其他三人都一副很感興趣的樣子。

「對啊，前面兩個地方真的有地藏菩薩像。不過，餘下兩個寶藏標誌的地方，不知會不會也有地藏菩薩像呢？」

「等一下，你是說，藏寶圖所標示的，不是寶藏的位置，而是地藏菩薩的位置嗎？」

聽到阿猛生氣地大叫起

來，阿誠忍不住咳嗽以提醒他小聲點。

「雖然我不太懂地藏菩薩的事情，但如果那兩處地方也有地藏菩薩像的話，其餘兩個地方應該也會有吧？說不定，地藏菩薩像就是指示着寶藏的位置。」

阿猛這才冷靜下來。

第二天是星期六，他們四個決定要去尋找寶藏。先去找出畫在地圖上的藏寶位置，然後挖出寶藏。因此，他們要先準備好工具。而且，那四個藏寶地點也距離較遠，所以先準備好便當和水壺會比較穩妥。

大家商量好計劃後已經四時多了。

森仔回到家，就聽到媽媽說：「這麼晚？被罰留堂了嗎？」「我在圖書室看書啊。對了，我們家的房子是什麼時候建成的？」

聽到森仔這樣問，媽媽立即答道：「我們是在你出生之前搬來的，大概九年前吧？因為你快要出生了，所以我們就買了這個房子。」

孩子偵探團出動

終於到了尋寶的大日子了。雖然天陰有雲，但看來不會下雨。大家約好了十時在學校正門集合，阿猛除了帶了背包之外，還帶了可以摺疊的鏟子。

沿學校前面的大路往東走，很快就來到正法寺的參道，在那個十字路口旁，就是他們的目標——地藏菩薩像。

「我覺得寶藏可能埋在地藏菩薩像的腳下……」

阿誠圍着地藏菩薩繞了一圈。地藏菩薩立在高一階的混凝土座壇上，座壇的四周，被一條混凝土的小溝包圍着，跟柏油路的地面連接。

「這樣子根本沒有空間可以挖掘啊。」

拿着鏟子的阿猛一副不知所措的樣子，圍着地藏菩薩像四處察看。道路兩旁以前都是

農地，所以可以埋藏寶藏吧？可是，現在都換成柏油路了，這麼硬的地面，也不能掘了。

「説起來……」

美莎回頭看着正法寺。

「正法寺的地藏菩薩像，也是建在石壇上面的，石壇也是用混凝土固定起來的。」

森仔聽到美莎的話，也想起來了。那裏的地藏菩薩建在石階旁一個狹小的廣場上，整個廣場都由混凝土建成，地藏菩薩像就建在廣場的中央。

「這樣嗎？也就是說那個地藏菩薩的四周也不能用鏟子挖掘了。」

阿猛的聲音，聽起來越來越失望了。

「不過，藏寶地點還有兩個，而且這兩個地點都是我們還不知道的，有去找一找的價值吧？」

聽到森仔的話，其餘三人面面相覷，然後才輕輕點了一下頭。

第三個地點，應該沿路再往東走就可以見到。根據地圖上的指示，應該是在河流旁邊，可是大家都不確定是在哪一帶。

往青葉東區的住宅區走了大概三十分鐘。道路兩旁是連綿不斷的大廈、獨棟房子等民居，途中偶然有車子經過。終於，他們來到一個有交通燈的十字路口，走過十字路口，就會到達古田區。

「我們休息一下吧。」阿誠說。

阿誠臉上滿是汗珠，森仔他們雖然也流着汗，但卻不像阿誠那麼誇張。說起來，阿誠是因為身體不好，所以才比一般人遲了一年入學。

十字路口旁有一個巴士站，站牌旁邊有一張長椅。阿誠坐在長椅上，從背包裏拿出水樽，大口大口地喝起來。看來他真的很累。

此時，有一個伯伯提着購物袋從巴士站後面的便利店出來，看來是住在附近的居民。森仔立即把握機會問：「抱歉，打擾你一下，請問你知道這一帶以前曾經有河川嗎？」

伯伯一臉詫異的望着森仔。

「你說河川的話，應該是古田川吧。」

「原來是叫古田川。」

「對，五十年前道路旁邊還有着古田川，但後來為了開拓道路，就把河流變成了地下河道，現在就在

地下流淌着。你們看，道路中間的那些水渠蓋，下面
就有河流在流動着啊。」
「伯伯、伯伯……」阿猛在旁邊叫喊着。
「這一帶有地藏菩薩像嗎？」
伯伯好像嚇了一跳，凝望着阿猛。

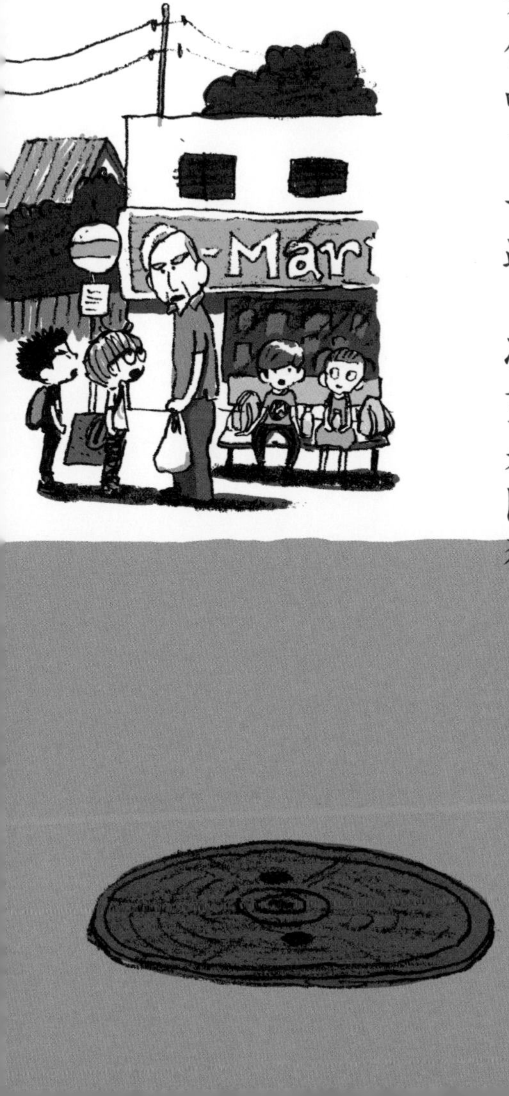

「孩子，你竟然知道這一帶的地藏菩薩像？是的，這裏曾經有地藏菩薩像的。看，就在那個交通燈的位置。可是，人們把河道埋掉的時候，也把它搬到別處去了。好像是搬到古田區寺的寺廟範圍內了。不過那時我也只是個小孩，所以詳情也不是太清楚。」

聽到伯伯的話後，大家都沒開口說話，只是失望地看着十字路口的交通燈。

四個指示着藏寶地點的地藏菩薩像，已經找到三

個了。可是，它們有的下面是混凝土不能挖掘，有的已經被搬到別處去了，難以成為尋找寶物的線索。

「好後悔帶上鏟子啊。」

正當阿猛呢喃着的時候，阿誠突然從長椅上站起來。

「我們還有希望的，餘下的一個藏寶地點是在山裏頭的，可能會跟以前一樣，完全沒改變。」

話一說完，阿誠就立刻背起背包出發。

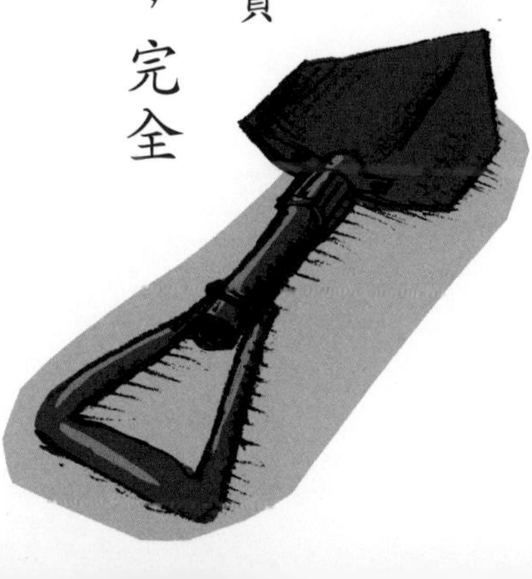

沿着古田區的道路往北走約三十分鐘，他們來到跟以前一樣的古老街道。

「咦？有河流？」美莎提高了聲調説。

青葉市的邊緣地帶，是正法寺山的山腳，這裏有一條小河在流淌。

「這條小河是藏寶圖上面那條河流吧？看，河流一直有蓋子蓋着，直到那邊為止。」

原來如此！山腳這裏，有個像是隧道出口的東西，水正從出口處流出來。

阿猛立即從背包的袋子裏，拿出藏寶圖來。

「對啦，只要沿着河流走，就可以找到第四個寶藏了。」

話沒説完，阿猛已立即跑起來了。

沿着河川旁的道路走了不久，他們就

發現右邊稍遠的位置，有一間像是小祠堂的建築，旁邊還有一架小橋。

他們四個原本呆站着，默默看着道路旁的小祠堂，可下一秒，阿猛已衝上前，帶領着大家越過小橋，來到小祠堂的前面了。

小祠堂和森仔差不多高，屋頂都剝落了，而門扉上的格子，也都破破爛爛的。阿猛向裏面窺探了一下，大聲叫喊起來。

「有了！是地藏菩薩像啊！」

原來小祠堂最裏面，安放着一個小小的石製地藏菩薩。

而且，幸運的是，小祠堂四周，是普通的泥地。阿猛立即就在小祠堂前面挖掘起來，森仔接着也從背包裏拿出他的小鏟子，在小祠堂旁邊挖起來。美莎和阿誠見狀，也一起加入挖掘行動。

他們挖了一段時間後……

阿猛突然大叫：「這裏埋着什麼東西！」

森仔他們立刻向阿猛跑去，阿猛已經從泥土中挖出一個圓筒形的東西了。那是一個高約十五厘米、直徑約十厘米的玻璃瓶子，裏面好像裝着什麼東西，可卻因為瓶子滿是泥污而看不清楚。

美莎立即到河邊把毛巾弄濕，再用濕毛巾來把泥土抹掉。

瓶子裏面裝的，原來是綠色的玻璃珠子。

「這些不就是彈珠嗎？」

玻璃瓶裏的，不是金幣，也不是寶石，而是普通的彈珠。這真的可以算是寶藏嗎？玻璃瓶雖然蓋着陶製的蓋子，可是輕易就可以打開。森仔他們把裏面的東西倒出來在墊子上細看，確定了那肯定是彈珠無異。瓶子的底部好像還有什麼東西，森仔把瓶子倒轉，掉出一張紙來。紙張已經變黃，但上面用鉛筆寫的字，還是可以看得到。

「我把這些寶物都送給我的妹妹花子。

阪田勝

昭和十九年三月」

這些彈珠，原來是一個叫「阪田勝」的人，為了妹妹花子而特意藏在地藏菩薩像腳下的。而且是昭和十九年的事情了，也就是1944年，久遠到森仔的爸爸都還沒出生。

「看來藏彈珠的人和畫地圖的是同一個人啊。」

掘出寶藏後，他們四個在小祠堂旁吃起午飯來。阿誠一邊吃着便當，一邊感慨地說：「昭和十九年，不正是太平洋戰爭結束前一年嗎？」

「什麼是太平洋戰爭？」

美莎不解地問。

「就是七十多年前，日本跟英美等國家對戰的第二次世界大戰啊。」

「說起來，我聽住在鄉下的婆婆說過，廣島和長崎被投下原子彈，發生了大爆炸。」

「如果是那個時代的話，這一帶全是農地，所以也只有把寶藏埋在地藏菩薩像的腳下了。」

聽到森仔這麼説，美莎歪着脖子説：「阪田家那位婆婆雖然年紀已經很大了，但那個時候會不會還是個小孩？就是説，花子會不會就是那位婆婆？」

之前看到的阪田婆婆，看來

大概八十歲左右。

「這麼說，這個阪田勝，就是婆婆的哥哥了。」

阿猛這樣一說，美莎立即點頭。

「大家吃過便當後，便一起到阪田婆婆家，問問她花子的事情吧！如果花子就是她本人的話，那麼這張地圖和彈珠都要還給她才對。」

阪田婆婆家的主屋，在火災後已經徹底清理好了，現在變成了一大片空地。阿誠在玄關處按下門

鈴，等了一陣子，之前見過的那位婆婆就來應門了。

「請問這裏有一位叫花子的人嗎？」

「我就是花子，請問有什麼事情嗎？」

阿誠向旁邊一瞥，對阿猛打了個眼色，阿猛立即從背包裏拿出裝着彈珠的玻璃瓶和藏寶圖，遞到婆婆面前。

婆婆難以置信地凝視着藏寶圖和玻璃瓶，突然打破沉默：「你……你們

是在哪裏找到這些東西的？」

「彈珠是在古田區的山腳處找到的，它被埋在一間地藏菩薩祠堂的下面。」

「果然是埋在地藏菩薩像處啊。你們先進來吧，我想聽聽你們找到它的詳細經過啊。」

婆婆一邊說，一邊帶他們穿過玄關，請他們在沙發上坐下來，自己則坐在椅子上。

阿誠代表大家，跟婆婆說出他們發掘出這個瓶子的來龍去脈。

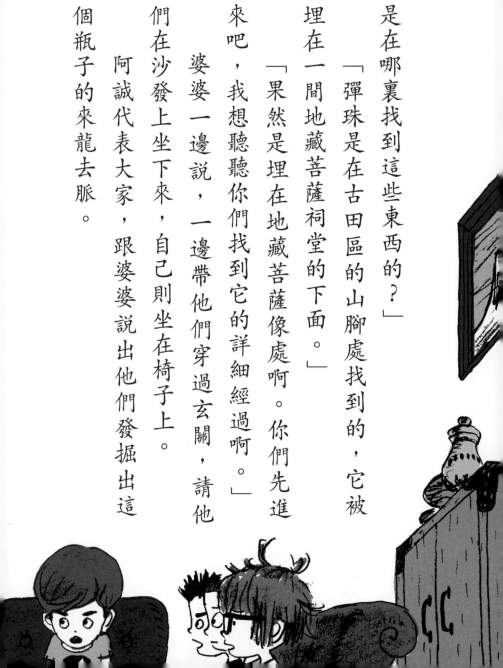

最後他說：「瓶子的底部放有一張紙條，上面寫着一個叫阪田勝的人，要把這些彈珠都送給他的妹妹花子。我們就想，畫這幅藏寶圖的人，會不會就是阪田家的人，所以把它帶來了。」

婆婆很認真地聽着阿誠的話，聽着聽着，婆婆開始擦起眼淚來，還大大的歎了口氣。

「這些彈珠是我哥哥藏起來的。哥哥小學畢業的時候說，雖然這些都是他的寶貝，但都會送給我，然

後就在我面前將它們分裝入四個玻璃瓶子裏。他說他會把瓶子藏在大家都找不到的地方，待戰爭結束後，就把它們挖出來玩。說完就把地圖交給我。」

「哥哥在同一年的四月，進入了青葉中學，但那時候的中學生都不上課，而是在工廠工作。你們沒聽說過吧？青葉區的工廠地帶曾遇上空襲，我哥哥就是在昭和二十五年（1950年）的爆炸中過世。」

婆婆低着頭好一陣子，然後才慢慢抬起頭來。

「我當時是小學三年級的學生，到山上的親戚處

避難。」

「我一直珍藏着哥哥留給我的地圖，避難的時候也一直帶在身上，回來之後，也把它收藏在櫃子的最深處。不過，戰後社會一片混亂，我們家也發生了很多事情，完全沒有閒情逸致去把彈珠找出來。到我想去找的時候，已到了這把年紀了。不過，五年前的一場大雨，讓正法寺石階旁的地藏菩薩像連同底座都倒塌了，我兒子經營的公司偶然接下這單工程，剛好發現了底座旁邊的

玻璃瓶。」

婆婆把臉轉向後面。在房子一角，設有一個精緻的祭壇，上面供奉着一個放了彈珠的玻璃瓶。

「請把瓶子拿過來。」

聽到婆婆這麼説，阿猛把祭壇上的玻璃瓶拿到枱子上。瓶子裏面放滿了彈珠，彈珠之中夾着一張已變黃的紙。那一定是她哥哥寫給她的信。

「當找到這個的時候，我才想起地圖的事情，我找遍了每個角落，都沒有找到，看來我是把它夾在和服堆裏了。所以火災發生的時候，才會跟和服一起被拿出來，然後就被你們給拾到了。」

一切的謎團都解開了，寶藏也真的如森仔所推測那樣，埋在地藏菩薩下面。

三十分鐘後，他們離開了阪田家。一出門，大家就你一言我一語的說起話來。

最後，婆婆把哥哥寫給他的信當成是遺物留着，但想將玻璃瓶內的彈珠送給森仔他們，可是阿誠拒絕了。

「其實我也想要那些彈珠啊，因為真的好漂亮啊。」

美莎歎了一口氣，可是阿誠卻搖搖頭。

「那些彈珠也是她哥哥的遺物，不應該要的。而且，我們完全不懂怎麼玩彈珠，拿到了也沒用吧？」

雖然事情可能真的如阿誠所說那樣，但森仔心裏想，其實留一點彈珠來作紀念也不錯吧？因為這可是孩子偵探團齊心合力解決的事件，很值得紀念！

作者簡介

那須 正幹

出生於廣島縣，創作過暢銷兒童書《犀利三人組》系列全 50 冊（日本兒童文學者協會獎特別獎 / POPLAR 社）等超過二百本書籍。主要作品有《看圖讀廣島原爆》（產經兒童出版文化獎 / 福音館書店）、《犀利三人組之 BACK TO THE FUTURE》（野間兒童文藝獎 / POPLAR 社）等，並獲 JXTG 兒童文化獎、巖谷小波文藝獎等多個獎項。

繪者簡介

秦 好史郎

出生於兵庫縣，活躍於不同範疇。除繪本外，還參與插圖、書籍設計等不同類型的工作。繪本作品有《阿熊與阿仁的學習繪本》系列（POPLAR 社）、《爸爸，再來一次》系列（ALICE 館）、《夏季的一天》（偕成社）、《去抓蟲子吧！》（HOLP 出版）、《星期天的森林》（HAPPY OWL 社）、《大雨嘩啦嘩啦》（作：大成由子 / 講談社）等等。

學生神探森仔③

不存在的寶藏？

作　　者：那須 正幹
繪　　者：秦 好史郎
翻　　譯：HN
責任編輯：張斐然
美術設計：張思婷
出　　版：新雅文化事業有限公司
　　　　　香港英皇道 499 號北角工業大廈 18 樓
　　　　　電話：(852) 2138 7998
　　　　　傳真：(852) 2597 4003
　　　　　網址：http://www.sunya.com.hk
　　　　　電郵：marketing@sunya.com.hk
發　　行：香港聯合書刊物流有限公司
　　　　　香港荃灣德士古道 220-248 號荃灣工業中心 16 樓
　　　　　電話：(852) 2150 2100
　　　　　傳真：(852) 2407 3062
　　　　　電郵：info@suplogistics.com.hk
印　　刷：中華商務彩色印刷有限公司
　　　　　香港新界大埔汀麗路 36 號
版　　次：二〇二二年七月初版

ISBN: 978-962-08-8028-5